AF371138

OBSERVATIONS

SUR LES CATALOGUES

DE LA COLLECTION

DES ESTAMPES,

Par DUCHESNE aîné, Conservateur.

Mars 1847.

De toute antiquité on a réuni des *Bibles* et des *Volumes*, et s'il est vrai que de nombreux manuscrits aient été détruits par ordre du calife Omar, les moines d'un grand nombre de couvens ont été occupés depuis, pendant bien des siècles, à multiplier les copies de divers ouvrages : la découverte de l'imprimerie vint augmenter ces trésors littéraires, et les souverains ont souvent mis à honneur de créer et d'enrichir les bibliothèques publiques : l'accroissement des livres fit bientôt sentir la nécessité de les classer et de rédiger des catalogues.

Les Collections de Dessins et d'Estampes sont moins nombreuses et aussi moins anciennes; cependant il est bon, sans doute, de rappeler que la Collection d'Estampes de la Bibliothèque est la plus ancienne, et que son berceau se trouve placé presque dans le même siècle que celui de la découverte de l'*art d'imprimer des gravures sur métal*.

« C'est sous le règne de Henri III, vers 1576, que Claude Mangis, abbé de Saint-Ambroise, aumônier de la reine Louise de Vaudemont, imagina le premier de former des recueils de gravures. Il employa quarante années .

former sa Collection, et il lui fut d'autant plus facile de recueillir une grande quantité d'Estampes, qu'il ne se trouvait pas alors de concurrens pour les lui disputer : devenu d'ailleurs aumônier de la reine Marie de Médicis, il eut de nouveaux moyens pour former des relations avec des Florentins, qui le mirent à même de se procurer d'anciennes Estampes italiennes. Vers le même temps, l'évêque de Tarbes, Sauveur d'Iharse ; l'évêque d'Ypres, probablement Antoine de Haynin ; le surintendant Fouquet ; le célèbre ébéniste Boule, et enfin le graveur Israël Silvestre, formèrent aussi des Collections d'Estampes. »

« A la mort de l'abbé de Saint-Ambroise, les pièces les plus précieuses de son cabinet vinrent enrichir celui de Jean Delorme, médecin de la reine : c'est là que M. de Marolles, abbé de Villeloin, qui avait le même goût, acquit, pour mille louis, ce qu'il trouva de plus rare et de plus beau dans ce cabinet, afin d'en augmenter le sien. Colbert, à qui la France doit tant de reconnaissance, Colbert, qui protégea tous les établissemens utiles, Colbert au moment même où il venait de transporter la bibliothèque de la rue de La Harpe dans la rue Vivienne, voulut encore lui donner une richesse à laquelle on n'avait pas songé jusqu'à lui : il fit acheter, en 1667, la Collection d'Estampes de l'abbé de Marolles, dont le catalogue avait été publié l'année d'avant. Cette Collection se composait de 264 volumes contenant près de 125,000 Estampes. » (*Extrait de la Notice des Estampes exposées à la Bibliothèque royale. Paris, 1857, in-8°.*)

Lorsque, en 1795, j'entrai à la Bibliothèque, alors Nationale, je ne trouvai pour guide qu'un inventaire des volumes et un catalogue alphabétique des noms d'auteurs. L'inventaire, fait en 1785 par M. Joly père, contenait, dans un ordre à peu près méthodique, les volumes n°s 1 à 2775 (1). Je dis un ordre à peu près méthodique, car il se trouvait, dans le courant de l'inventaire, des parties hors de place, et à la fin, l'inventaire devenait, ce qu'il aurait dû être, une insertion par ordre d'entrée. Cependant, des augmentations ayant eu lieu, on avait inscrit entre ligne environ 80 volumes ; puis 200 volumes étaient placés sur les tablettes sans avoir été inscrits et sans avoir reçu aucun numéro.

Le catalogue par nom d'auteur avait été recopié pendant l'absence de M. Joly fils, destitué en 1792 et réintégré en 1795. Il avait existé sans doute un original que je n'ai pas connu, la copie contient 140 feuillets, mais elle est faite avec trop de négligence pour être d'un grand secours.

---

(1) Ce nombre peut paraître bien minime en le comparant à celui de 550,000 dont se compose le département des Imprimés ; mais il faut considérer que les volumes du département des Estampes sont en majeure partie de format grand-aigle, ayant 66 centimètres sur 50, et contenant souvent de cent à cent-vingt Estampes ; puis que dans ce département, il ne se trouve pas de nombreuses séries qui ne donnent qu'un seul article pour le catalogue.

Le département des Estampes, en 1795, se composait donc de 3,058 vol.
savoir :

Le Cabinet de Marolles, acquis en 1667. . . . .   264 vol.
Le Cabinet de Gaignières, acquis en 1711.   455
Le Cabinet de Beringhen, acquis en 1731.   450
Le Cabinet de Lallemand de Betz, acquis en 1753   75
Le Cabinet de Fevret de Fontette, acquis en 1770   70
Le Cabinet de Bégon, acquis en 1776.   162
De diverses origines.   1,884
        Total égal . . . .   3,058 vol.

De cette époque à l'année 1800, il arriva à la Bibliothèque :

De divers dépôts nationaux . . . .   251 vol.
Du dépôt de Versailles.   255
De l'envoi d'Italie   54
L'Encyclopédie in-4° donnée par le Gouvernement   145
C'est alors aussi qu'on porta sur l'inventaire général l'acqui-
sition Mariette, qui avait un inventaire particulier   510
Puis divers œuvres provenant de différentes acquisitions. .   146

        TOTAL GÉNÉRAL . . .   4,557 vol.

C'était donc alors environ 1,500 volumes *non classés* à introduire parmi
les 2,700 inscrits en 1785 : ce travail aurait multiplié les n°° *bis, ter* et *qua-
ter* à un point excessif, occasionné des erreurs et donné beaucoup de
difficultés pour le service. Ainsi que cela vient d'être dit, l'inventaire avait
quelque chose de méthodique, et M. Joly père avait suivi le système présenté
par M. de Heinechen, dans son *Idée générale d'une Collection complète
d'Estampes*, publié en 1771.

Ce système me servit de base, mais je fis 24 classes au lieu de 12, et
j'assignai à chacune une lettre majuscule : une lettre minuscule fut donnée
pour distinguer les sous-classes, qui, au nombre de 150, se trouvèrent être
de 5 à 8 dans chaque classe, suivant la subdivision qu'exige le nombre
ou la variété des ouvrages dont chacune d'elles se trouve composée; enfin,
un chiffre venait indiquer l'ordre dans lequel le volume devait être placé.

Par ce moyen, les chiffres ne devaient jamais être très-élevés, et si, plus
tard, des nouveaux accroissemens amenaient un trop grand nombre de
n°° *bis*, on pouvait (ce qui a déjà été fait plusieurs fois) redonner un nou-
vel ordre de n°° à une sous-classe, sans rien déranger à celles qui la précé-
daient ou la suivaient. Si alors j'étais obligé d'opérer à la fois sur plus de
4,000 volumes, je prévoyais que par la suite on n'aurait à s'occuper que
d'un mouvement de 150 à 200 volumes, ce qui n'offrirait pas une grande
difficulté.

Pour arriver à ce travail, il fallut faire pour chaque volume un bulletin énonciatif fort concis; puis classer ces bulletins suivant la méthode que je venais d'établir.

Dans les vacances de 1800, on reporta sur chaque volume, en haut, l'ancien numéro d'inventaire qui devenait invariable, en bas le nouveau timbre contenant les lettres de la classe, de la sous-classe et le numéro d'ordre.

Le catalogue par nom d'auteur devenait tout à fait inutile, puisqu'il contenait à peine la moitié des ouvrages existans, ne donnait que les numéros d'inventaire, et que cet ordre se trouvait interverti; je fis donc promptement une concordance entre l'ancien numéro d'inventaire et le nouveau timbre; mais si ce travail pouvait suffire provisoirement, il n'en était pas moins très-nécessaire d'avoir un répertoire dans lequel on trouverait, par ordre alphabétique, tous les ouvrages par leur titre, par leurs auteurs, par leur sujet. Les bulletins, quelque défectueux qu'il fussent à cause de la rapidité et de la concision avec lesquelles ils avaient été faits, servirent pourtant à dresser ce répertoire. Je n'écrivis que sur le verso, en laissant une ligne vacante entre chaque article.

Ce répertoire, composé de 525 pages, fut fait pendant l'été de 1801 : mais il fallut aussi faire un troisième catalogue, et dans celui-ci les volumes étaient inscrits suivant l'ordre méthodique.

Depuis lors, je portai soigneusement sur l'inventaire, sur le répertoire et sur la disposition méthodique tous les ouvrages provenant des dépôts ou des acquisitions.

En 1847, l'inventaire est arrivé au n° 9626.

Dès 1845, le répertoire était tellement surchargé, qu'il fut indispensable de faire une nouvelle copie : comme la première, elle ne fut écrite que sur le verso; mais elle forme trois volumes in-folio contenant 1260 pages. Il fallut aussi faire une nouvelle copie de la disposition méthodique qui était tellement surchargée, qu'il devenait impossible d'y ajouter aucune annotation.

On n'avait jamais eu l'idée de faire le dénombrement de la Collection, cependant il était intéressant de savoir non-seulement le total exact de ce que possédait la Bibliothèque royale, mais aussi de savoir dans quelle proportion peuvent se trouver les Estampes dans les œuvres des peintres et des graveurs; celles qui offrent des objets d'antiquités ou d'histoire naturelle; les portraits, les costumes, l'histoire, les caricatures; enfin, cette immense collection topographique, où se trouvent classés méthodiquement les plans et vues des villes et des monumens avec les détails relatifs à leur construction et à leur ornement.

Sans rapporter les chiffres de toutes les divisions, nous dirons que le dénombrement, terminé au 1er janvier 1840, était, au total, de 900,500 pièces, dont pour les œuvres des peintres et des graveurs 257,000

    Les Antiquités 55,000

    L'Histoire Naturelle 59,000

Les Portraits. 90,000
Les Costumes 56,000
Les Pièces historiques 24,000
Les Caricatures. 7,800
La Topographie 112,000

Maintenant le total dépasse 1,500,000 pièces.

Si le dénombrement offrait quelque appât à la curiosité, il y avait autre chose à faire, c'était un catalogue général de toutes les Estampes dont se composent les collections de la Bibliothèque. Ce travail est immense, il fallait du courage pour l'entreprendre, mais il devait être stimulé par le désir de parvenir à faire une chose utile et qui n'avait jamais été entreprise sur un plan universel.

Ce grand travail, commencé depuis longues années, fut un peu activé depuis 1840; des fonds extraordinaires ayant été mis à la disposition de l'administration de la Bibliothèque, une petite partie fut allouée à la section des Estampes, et sur la demande que m'en fit M. le Directeur, je lui adressai le rapport suivant.

Rapport fait à M. le Directeur de la Bibliothèque royale en Février 1847, sur le plan d'un Catalogue général des Estampes.

Les premiers catalogues d'Estampes qui aient été publiés, n'étaient ordinairement que des catalogues de ventes : les rédacteurs de ces ouvrages n'y mettaient pas un grand soin, et n'avaient pas non plus de méthode bien arrêtée, les uns ayant suivi l'ordre chronologique dans lequel le graveur avait publié ses pièces; d'autres les ayant classées en commençant par les sujets de l'ancien et du nouveau Testament; les sujets saints; la mythologie; l'histoire ancienne; l'histoire moderne; les portraits, etc. Cependant il se trouve quelques catalogues, que l'on recherche encore maintenant, comme contenant des détails intéressans sur des œuvres de peintres ou de graveurs. Gersaint et Jombert ont les premiers fait des catalogues raisonnés des œuvres de Rembrandt, Le Clerc, La Belle, Cochin, et quoiqu'ils aient eu l'intention de les donner complets, celui de Rembrandt a été refait par Yver, en Hollande, par Daulby à Londres, et par Bartsch à Vienne.

Ce dernier auteur a publié aussi, sous le titre du *Peintre-Graveur*, une suite considérable de catalogues en 21 volumes in-8°. La première partie forme 5 volumes, dans lesquels il a décrit avec soin les gravures à *l'eau forte* faites par les peintres hollandais, flamands et allemands. La seconde partie en 6 volumes, contient les anciens maîtres allemands des XV et XVI siècles cette partie est également intéressante et fort complète. Il n'en est pas de même de la troisième partie en 10 volumes, contenant les graveurs italiens des XVe, XVIe et XVIIe siècles, elle est moins complète et moins soignée que les précédentes.

M. Robert Dumesnil a imité M. Bartsch, en publiant le *Peintre-Graveur français*. Sept volumes ont déjà paru, et contiennent, entre autres, les catalogues de Claude Lorrain, Lahire, Bourdon, Courtois, Francisque Millet, Mauperché et beaucoup d'autres artistes ayant gravé eux-mêmes leurs propres compositions.

M. Le Blanc vient de commencer, pour un éditeur de Leipsick, un travail sur les graveurs au burin : espérons que le soin qu'il a mis dans ses recherches lui assurera du succès, et que ses travaux auront une extension qui augmentera leur intérêt.

Deux catalogues de portraits ont été aussi publiés, l'un des portraits français seulement, fait par M. Fevret de Fontette, a paru dans sa *Bibliothèque historique de France* ; l'autre fait par Bromley, donne à peu près tous les portraits anglais, divisés en neuf périodes, classées chacune par Rois et Princes, Pairs, Noblesse, Clergé, Magistrats, Militaires, Littérateurs, Artistes, Dames et Phénomènes, avec une table alphabétique de renvoi.

Ces différens ouvrages ont leur mérite et leur utilité, mais aucun d'eux ne présente la ressource d'un catalogue général classé méthodiquement sur le plan suivant et où se trouveraient en premier lieu :

Les peintres de toutes les écoles italienne et espagnole, flamande, hollandaise et allemande, les écoles française et anglaise, rangés par ordre chronologique dans chaque école, avec une table alphabétique par nom de peintre.

Les graveurs de tous les pays également classés par ordre chronologique, aussi avec une table alphabétique des graveurs.

Un catalogue des sculpteurs.

Un catalogue des statues, bustes et autres objets d'antiquités.

Un catalogue des architectes, avec tous les détails des monumens, édifices ou hôtels qu'ils ont construits.

Un catalogue par ordre alphabétique de toutes les figures d'histoire naturelle, en commençant par la Zoologie, puis la Botanique. De ces deux parties la première surtout est très-riche et on ne se rappelle pas toujours, que des lions se trouvent dans les œuvres de Rubens, de Marc de Bye, de Bernard Picart ; que des ours sont gravés dans les œuvres de Van Velde, et de Ridinger, des chevaux dans Antoine Tempeste, Jules Romain et Rugendas.

Un catalogue de tous les arts et métiers est un objet fort intéressant, et il ne suffit pas de faire connaître les pièces à l'article du menuisier ou de l'arquebusier, il faut encore qu'elles se retrouvent dans les œuvres des graveurs Jost Amon, Simonneau, Richard, Lagardette ou autres.

Le catalogue des portraits est de la plus haute importance : nous avons vu que ce qui a été fait à cet égard est bien éloigné d'être complet; il convient donc de donner un catalogue dans lequel les portraits seront classés méthodiquement par pays et par états, avec une table alphabétique de renvoi. Chacun de ces portraits doit se retrouver encore cité dans les œuvres du peintre et du graveur.

La collection historique sera également très-curieuse : déjà on a un excellent modèle dans le catalogue publié par M. de Fontette dans sa *Bibliothèque historique de France,* mais il s'est arrêté à l'année 1768, et n'a rien donné de l'histoire étrangère, ni de l'histoire ancienne.

L'Histoire Sainte est encore une partie dont le catalogue est très-nécessaire. Souvent on désire voir les diverses compositions relatives à un même sujet, ou bien quel est le peintre qui a traité tel ou tel sujet; faute de catalogue il est bien difficile de répondre convenablement aux demandes du public.

Il reste encore à parler du catalogue des sujets mythologiques, qui est aussi nécessaire que celui de l'Histoire Sainte.

Nous terminerons enfin par le catalogue de la Topographie, travail également considérable, puisqu'il faut réunir au cent mille pièces classées méthodiquement dans 665 volumes ou portefeuilles, tout ce qui se trouve dans les œuvres des maîtres, ainsi que dans les voyages pittoresques et les ouvrages spéciaux, publiés par divers auteurs, sur les villes ou les monumens.

Pour arriver à bien faire un travail aussi étendu, la première chose à exécuter est la confection d'un bulletin pour chaque pièce, sur lequel se trouve en tête une description courte et claire, qui fasse connaître le sujet de l'Estampe, le genre de gravure, l'état d'avancement de l'épreuve, le nom du peintre et celui du graveur, puis le n° et le titre de l'ouvrage avec l'indication du tome et de la page où est placée la pièce.

Cette opération demande des connaissances étendues et variées, pour reconnaître les sujets qui souvent ne portent pas de titres, ou n'ont que de faibles indications en latin ou en langue étrangère.

Cent douze mille bulletins sont faits, c'est seulement un dixième du nombre que l'on doit avoir pour atteindre le but; car on ne pourra commencer à classer ces bulletins que lorsque le dépouillement sera entièrement terminé, et le travail peut-être plus ou moins activé en raison des fonds qui seront alloués annuellement.

CONCLUSION.

Si depuis cinquante années, tout mon temps a été employé à augmenter les richesses du département auquel je suis attaché; si depuis ce temps le public a paru satisfait du zèle que j'ai constamment montré, en mettant, autant que possible, de l'ordre dans une collection, dont la richesse est

supérieure à celle de toutes les autres collections de l'Europe ; si dans l'espace
d'un demi siècle seulement, je suis parvenu à tripler le nombre des volumes
qui avaient été amassés graduellement pendant deux siècles ; si j'ai formé 80
volumes d'œuvres de choix des maîtres du XV⁰ siècle et plus de 2,000 œuvres
de maîtres moins anciens ; si j'ai publié la description de 400 Nielles dont
l'existence était encore un problème au commencement du XIX⁰ siècle ; si
j'ai été assez heureux pour donner plus d'éclat aux richesses confiées à ma
garde ; si le premier en Europe j'ai exposé sous verre une collection de plus
de 400 Estampes, chefs-d'œuvre de l'art, aussi remarquables par leur beauté
et leur rareté, que par leur ancienneté ; si j'ai eu le bonheur d'acquérir
une moitié de ces chefs-d'œuvres que le public admire journellement, et
que les amateurs ne peuvent considérer qu'avec quelque envie ; si enfin je
me suis empressé de remettre à M. le Directeur le Rapport qu'on vient
de lire, et qu'il m'avait demandé, devais-je m'attendre que dans un rapport
officiel il viendrait dire en 1847, » *n'ayant aucun pouvoir de contrôle sur les*
» *travaux intérieurs desdépartemens, retenu en dehors par le droit* EXCLUSIF
» *des Conservateurs sur leurs gouvernemens respectifs, je ne saurais*
» *encourir l'imputation de ce qui* s'y fait *ou* ne s'y fait pas. »

Paris. Imprimerie de Gab. Jousset. rue de Furstemberg, 8.

www.ingramcontent.com/pod-product-compliance
Lightning Source LLC
LaVergne TN
LVHW010803180726
843502LV00011B/4324